Luiza Stradiotto

Luiza Stradiotto

Estigmatizadas

Editora
Skull

Editor chefe
Fernando Luiz

Revisão
Maycon Silva Aguiar

Diagramação
Cris Spezaferro

Capa
Humberto Ferreira Nunes

Copyright © Luiza Stradiotto 2021
Copyright © Skull Editora 2021

Todos os direitos desta edição são reservados

Dados Internacionais de Catalogação na Publicação (CIP)
Jéssica de Oliveira Molinari - CRB-8/9852

Stradiotto, Luiza.
 Estigmatizadas / Luiza Stradiotto. -- Brasil : Editora Skull, 2021.
 80 p. 14 x 21cm
ISBN 978-65-86022-73-5
1. Ficção brasileira 2. Homossexualidade I. Título
                                                                    CDD B869

Índices para catálogo sistemático:

    1. Ficção brasileira

Para todos que sabem ou já souberam
o peso de um estigma:
VOCÊS NÃO ESTÃO SOZINHOS.

Atenas, 500 a.C.

O vento que vinha do mar era salgado, e o ar estava mais úmido do que o normal. Mila acordou antes de o sol nascer para deixar a mesa posta para sua família — era seu dever, como filha mais velha, cuidar dessa organização. Moravam em uma casa pequena perto da costa, para facilitar o comércio de peixes comandado por seu pai, mas isso significava que o cheiro desses animais nunca deixava o ambiente e, embora devesse estar acostumada a essa altura, ainda fazia seu nariz se contorcer.

Pouco depois, seus pais se juntaram a ela, e foi buscar Roxanne e Filipe no quarto. Eles se achegaram esfregando os olhos, sob a reprovação dos mais velhos, e se acomodaram em silêncio com um olhar de Demétrio.

— Já deveriam estar acordados, o dia começa cedo para nós — ele disse, partindo um pedaço de pão com as mãos. — Novos navios do leste chegam hoje e precisamos estar prontos para recebê-los.

— Sim, senhor — Roxanne respondeu de má vontade. Ela e Filipe ajudavam o pai no comércio, enquanto Mila cuidava de todas as preparações com a mãe.

— Mila, depois de comer, vá até nossas armadilhas na costa e as recolha. — Demétrio parou de comer por um instante apenas para encará-la. — Pensei que tivesse dito para fazer isso ontem.

— Sim, mas estavam vazias ainda.

— Melhor vazias do que roubadas por ficarem lá duas noites seguidas. — Demétrio se voltou para sua água. — Não repita isso.

Mila assentiu.

— Sim, senhor. Peço desculpas.

— Não peça desculpas, apenas aja de acordo da próxima vez — sua mãe disse.

Mila se calou.

Isaac não demorou muito a chegar. Era uma espécie de jovem protegido por seus pais. Eles o haviam abrigado há alguns anos para que não sofresse nas ruas por ser órfão; não eram os maiores perpetuadores de caridade, mas algo em Isaac havia despertado a compaixão em ambos. Mila já o considerava um irmão mais novo e tinha a distinta impressão de que esse era o desejo de seus pais.

Ele se acomodou à mesa após cumprimentar sua mãe com dois beijos, e os seis se puseram a comer. Mila parou de escutar as vozes conversantes quando Filipe e Roxanne começaram a brigar por algo bobo, que levantou olhares de reprimenda de seus pais. Esticou o braço para alcançar o jarro de água, atraindo a atenção de Demétrio para seu pulso esquerdo.

— Ainda nada? Esperava que, a essa altura, a frase já tivesse se mostrado.

Mila olhou para baixo. Havia apenas um emaranhado de linhas pretas na base do pulso, onde deveria haver palavras. Palavras que só se formariam no momento em que as ouvisse de sua alma gêmea.

Ela deu de ombros, sem saber o que responder. As linhas não eram sua maior preocupação, mas não podia deixar de se sentir um pouco sozinha cada vez que olhava para elas e as encontrava na mesma bagunça de antes.

Demétrio suspirou.

— Espero que sejamos os primeiros a saber quando a frase se formar. Preciso conhecer o homem que é sua alma gêmea para saber se é digno de minha filha.

Forçando um sorriso, Mila ignorou o arrepio que percorreu sua espinha. Disse qualquer coisa para tranquilizá-lo de que iria contar, emendando um assunto sobre a marca de Isaac para desviar a atenção. Filipe e Roxanne continuaram a discutir, e Filipe, com toda a exasperação que um menino de seis anos conseguia ter, esbarrou o braço no jarro de água. O objeto tombou no chão e se espatifou antes que alguém pudesse reagir.

— Filipe! — sua mãe exclamou.

Demétrio estava pronto para cerrar os punhos, mas Mila interrompeu:

— Espere, deixe que eu limpo. — Agachou-se, agarrando um pano para secar a água. Aproveitou para apertar o joelho de Filipe com carinho, o que lhe rendeu um pequeno sorriso de alívio. Ela piscou. Mesmo que quisesse, não conseguiria dar bronca em seu irmão, não com aquele rostinho redondo e seus olhos enormes.

Demétrio empurrou o prato para longe e arrastou a cadeira para trás.

— Já está na hora de ir. Deixem o resto para Mila arrumar e vamos embora, há trabalho a fazer.

— Não causem muita confusão — disse ela, baixo, para seus irmãos.

Isaac deu risada. Era o mais próximo de sua idade e o mais longe de um adulto que se poderia esperar.

— Nunca causamos — ele se defendeu.

Assim que partiram, Mila foi ajeitar a bagunça, antes de sair para o litoral e checar as armadilhas. Fechou a porta atrás de si e tentou ignorar, como fazia todos os dias, a sensação de vazio no fundo do peito que sempre a acompanhava quando ninguém estava perto para notar. Não olhou para trás, mas sabia exatamente o que iria encontrar: uma casa que não passava nenhum sentimento de lar e, depois dela, uma cidade que não se importava.

Nadia se apoiou nos cotovelos e rastejou para longe do mar, tossindo água salgada dos pulmões em chamas. Ela se deixou cair na areia assim que julgou ser longe o bastante para estar segura do oceano. Sentia como se todo o corpo estivesse ardendo, o que era uma contradição estranha para quem havia acabado de quase se afogar.

Permitiu-se alguns instantes para organizar os pensamentos, com suas entranhas contorcendo-se toda vez que respirava.

Quando teve mais ou menos certeza de que não desmaiaria, apoiou-se nos braços para se virar e olhar o horizonte: os destroços do navio já estavam desaparecendo, engolidos pelo oceano implacável.

Ela esquadrinhou desesperadamente o entorno, tentando encontrar outro sobrevivente, mas logo teve de chegar à conclusão dolorosa de que era a única. A praia estava vazia, exceto pelos pedaços de madeira que haviam boiado do navio até a costa.

Avistara outros navios pesqueiros, mas estavam em outras direções, longe dali, uma entrada pequena e isolada do mar. A única coisa encontrada fora uma armadilha estúpida para peixes, que chutou para longe no afã de não afundar e chegar até terra firme.

Estava reunindo forças para se levantar quando ouviu passos. Seus ouvidos ainda rugiam com a água, deixando o *thump thump* abafado, mas sabia distinguir o ruído de pés no chão.

Aparentemente não estava tão sozinha quanto havia imaginado.

Nadia se pôs de pé em um rompante, o esforço rendendo uma onda de tontura. Tateou a cintura às pressas para ver se havia restado algo com o que se defender se fosse alguém hostil, mas todos os seus pertences afundaram com o navio.

Os passos cessaram.

Nadia tentou espiar por trás da rocha que tampava o caminho, sem conseguir entrever nada.

— Quem está aí? — exigiu, a voz mais fraca e rouca do que pretendia para passar autoridade. — Mostre-se!

— Você não pertence a este lugar.

A voz veio seguida por uma pessoa. Nadia esperou até a tontura findar para focar a visão na mulher que se aproximava.

Seu fôlego ficou preso na garganta, de uma maneira que não tinha nada mais a ver com o afogamento, embora ver a estranha na sua frente suscitasse sensações similares às provocadas pelo acidente: o coração martelando no peito e o sangue pulsando com uma mistura de medo e expectativa.

A primeira coisa que notou foram os olhos. Tinham um tom peculiar de castanho-claro, da cor de amêndoas. As sobrancelhas estavam franzidas em desconfiança, fazendo sombra sobre eles.

A segunda coisa que percebeu foi a ardência em seu braço. E, feliz ou infelizmente, não era por causa do talho que um dos pedaços de madeira abrira do ombro até o cotovelo quando saltara do barco para não afundar com ele. Por baixo de todo o sangue que havia escorrido até sua mão, Nadia podia ver que as linhas em seu pulso não eram mais linhas, e sim palavras formadas. Não conseguia distinguir quais, mas, se fosse adivinhar, saberia quais seriam.

— Ora, quem diria — Nadia disse fracamente, mais para si mesma do que para a misteriosa companhia, enquanto a tontura ameaçava voltar. — Não pensei que a encontraria assim...

— É uma estrangeira — a ateniense disse. Olhou rapidamente para o próprio pulso e tratou de escondê-lo atrás das costas, como se Nadia já não soubesse.

Como se seu pulso não queimasse cada vez mais com a proximidade da outra.

— Sim.

— E uma pirata.

Nadia olhou para as próprias roupas, encharcadas, um pouco rasgadas — claramente um relato de quem ela era.

— Sim — repetiu, sem orgulho. — Mais alguma coisa? Podemos ficar aqui o dia inteiro.

Não deveria provocar, sabia disso. Não importava o que a estranha era ou deveria ser; antes de tudo, era uma ateniense, e atenienses não gostavam de estrangeiros — ou de piratas. Nadia não estava em nenhuma condição de se defender caso fosse acusada de alguma coisa.

A mulher a olhou de cima a baixo, sem suavizar a expressão, com um brilho nos orbes claros. Nadia achou que talvez fosse ser alvo de gritos, mas o que aconteceu foi ainda mais surpreendente: a desconhecida se abaixou, rasgou uma faixa inteira do vestido e caminhou até ela a passos determinados.

— Precisa cuidar desse ferimento — ela disse, e sua voz estava dez vezes mais suave. Parou antes de tocar em Nadia, esperando.

Sem saber o que mais poderia fazer, Nadia estendeu o braço. O toque dela foi gentil enquanto cobria o corte com o tecido e prendia o pano para que não caísse. Quase de imediato, ele foi manchado de vermelho.

— Seus olhos são muito bonitos — murmurou Nadia, de forma involuntária. De perto, eles brilhavam ainda mais e eram contornados por cílios longos e escuros. Podia notar também algumas sardas no nariz.

A ateniense tentou disfarçar, mas Nadia viu suas bochechas ficarem coradas. Um sorriso repuxou seus próprios lábios.

— Meu nome é Nadia, a propósito.

A mulher terminou de fazer o curativo improvisado em seu braço, os polegares demorando-se na altura do pulso, como se traçassem a frase permanente que se desenhara nele.

"Você não pertence a este lugar."

— Mila.

O sorriso de Nadia se alargou.

— Mila. É um prazer conhecê-la.

Por um momento, pareceu que ia respondê-la, um sorriso pequeno se formando, mas Nadia vacilou, e sua visão escureceu antes que pudesse reagir. Mila a amparou para evitar que caísse de fato, apoiando-a em seu ombro.

— Você não pode ficar aqui — disse Mila. Ela suspirou, olhando em volta. Sem afastar Nadia, rasgou outro pedaço de seu vestido.

—Vai acabar ficando sem roupas daqui a pouco — Nadia tentou brincar.

O rubor nas bochechas de Mila aumentou. Ela se atentou a amarrar a nova faixa ao redor do próprio pulso esquerdo, dando um nó com os dentes. Nadia fingiu não sentir uma pontada ao vê-la cobrir sua frase; Mila tampouco parecia contente por fazer isso.

—Vamos — Mila chamou, com um leve puxão para que andasse. — Temos que cuidar desse corte direito. Vamos para minha casa.

— *Ai! Está ardendo!*

— Preciso limpar isso, pare de se mexer.

Nadia mordeu o lábio para conter a exclamação de dor enquanto Mila derramava água sobre seu machucado. Agora que não tinha mais a preocupação em sobreviver, estava ciente das dores espalhadas por seu corpo. Com o sangue já lavado, era possível ver claramente as palavras em seu pulso e, infelizmente, a profundidade do corte. A faixa do vestido de Mila estava arruinada, jogada no chão perto de seus pés.

Mila já lhe havia oferecido um copo com água, um pedaço de pão e tâmaras, e Nadia não se sentia mais como se fosse morrer, graças aos deuses.

— O que está fazendo? — Nadia perguntou, vendo-a se afastar para pegar linha e agulha.

— Precisamos costurar o ferimento, ele não vai se curar sozinho — disse Mila calmamente.

Nadia começou a encolher o braço quando a agulha tocou sua pele.

— *Nadia*. Fique parada, ou vou machucá-la.

— Mais? — Nadia revirou os olhos com a expressão que recebeu em resposta. — Está bem, mas pelo menos converse comigo. Distraia-me.

Mila permaneceu em silêncio ao penetrar a agulha pela primeira vez. Nadia cerrou os dentes para não emitir nenhum som e ficar imóvel enquanto a linha passava.

— Como veio parar aqui? — Mila perguntou em voz baixa, sem tirar a atenção do trabalho.

O estômago de Nadia afundou. Sabia que aquela questão surgiria uma hora ou outra, mas esperava que não fosse ter que respondê-la tão cedo. Responder incluiria se lembrar de tudo o que perdera ou abandonara, e nada daquilo faria com que Mila gostasse dela. O mais provável seria que a expulsasse.

— Não precisa me contar se não quiser — emendou Mila, depois de olhar para seu rosto e encontrar algo. — Eu só queria entender.

— Eu venho da Trácia — despejou Nadia, quase contra a própria vontade. Embora fosse doloroso, Mila a fazia querer falar (mesmo que continuasse passando a maldita agulha em sua pele). — Há pouco menos de um ano, a cidade em que eu morava foi invadida e queimada. Eu não estava em casa na hora, mas minha mãe estava e não conseguiu resistir. Meu pai fazia parte da guarda da cidade, foi um dos primeiros a perecer na invasão. E eu... eu simplesmente fugi. Fugi sem olhar para trás e entrei no primeiro navio que encontrei. Por um acaso, era um navio de piratas, e agora aqui estou eu. Estávamos discutindo quando a embarcação começou a afundar, porque eles achavam que uma mulher a bordo era sinal de azar.

Terminou a versão mais que resumida da história e olhou para baixo, onde Mila terminava de costurar a pele e cortava a ponta da linha. Nadia flexionou o braço, por nada além de ganhar mais tempo antes de ter que ouvir Mila.

—Você está aqui — ela disse, prosaica. — Eles estão mortos. Parece que não era você a azarar aquele navio.

Nadia deixou escapar uma risada surpresa. Dessa vez, o sorriso de Mila que a acompanhou foi bem real e iluminou seu rosto inteiro.

— Obrigada — disse Nadia, apontando para o braço. Estava um pouco inchado e vermelho, mas não sangrava mais nem ardia tanto quanto antes. — Pela ajuda. Sei que não me queria aqui.

Os olhos de Mila se arregalaram.

— O que disse?!

— Não para de olhar em direção à porta desde que chegamos e veio o caminho todo se esquivando para que ninguém nos visse.

— Eu fiz isso por *sua* segurança — afirmou Mila, com os lábios franzidos em desagrado. — Qualquer ateniense olharia para você uma vez e saberia que não deveria estar aqui. Eu não queria que ninguém a interrogasse enquanto estava tão mal. É claro que quero você aqui, Nadia.

— Então, por que continua escondendo o pulso? — Nadia retrucou, sem conseguir se segurar.

Mila fechou os olhos. Desfez o nó que havia dado na faixa devagar, afastando-a.

"Quem está aí? Mostre-se!"

— É complicado — murmurou, encarando a frase.

— Não estava esperando uma mulher? — perguntou Nadia no mesmo tom.

— Eu não estava esperando ninguém — Mila confessou. Ergueu os olhos para ela, muito mais receptivos do que em qualquer outro momento. — Eu sinto muito. Não pensei que... fôssemos nos conhecer assim, como você disse. Queria que fosse mais fácil.

— Não, eu é que peço desculpas. — Nadia respirou fundo para reunir coragem e esticou a mão direita para segurar a de Mila. No fundo, achou que ela fosse repelir o gesto, mas tudo que Mila fez foi acariciar as costas de sua mão com o polegar, como fizera em seu pulso, como se estivesse usando esse toque para conhecê-la. — Eu entendo. E eu sei que não posso ficar.

Não podia por muitos motivos, na verdade, e talvez por isso estivesse tão irritada. Diante das leis de Atenas, nunca seriam reconhecidas. Nos seus piores dias, havia imaginado quando as linhas em seu pulso virariam palavras para ter algo pelo qual ansiar. Agora que isso se tornara realidade, nada mudaria.

— Mas pode ficar mais um pouco? — disse Mila, dando-lhe um leve toque de esperança. — O pôr do sol é lindo aqui. E ainda precisa descansar para não reabrir o ferimento.

— É claro — disse Nadia. *Como se eu pudesse dizer qualquer outra coisa.* — Eu posso ficar mais um pouco.

Aos primeiros indícios do fim da tarde, Mila deixou novamente a casa. Sua família encontraria o ambiente vazio quando chegasse e iria se perguntar onde ela estava; provavelmente seria repreendida quando retornasse.

Não conseguia se importar.

Não agora.

Enquanto andava até o pedaço de terra onde encontrara Nadia de manhã, tudo que conseguia ouvir era o som de seus próprios passos batendo na areia. Sabia que havia gaivotas rodeando os portos por perto, os gritos dos tripulantes, o barulho da cidade preparando-se para a noite. Tudo parecia longe, como se estivesse debaixo d'água. Mal sentia a brisa que vinha do mar bater contra seu rosto.

Era isso, ela pensava, mantendo o ritmo. *Tenho hoje para ficar com ela. Depois, acabou.*

Fora realmente isso que o Destino planejara quando colocou a marca em seus pulsos?

Mila queria acreditar que não. Mas seguiu o caminho até o golfo minúsculo, onde havia combinado de encontrar Nadia mais uma vez.

Ela estava sentada com os cotovelos apoiados nos joelhos, mirando o horizonte, com o braço ferido enfaixado. Usava um dos vestidos que Mila lhe emprestara para não andar com as roupas rasgadas. Caía bem nela. Mais do que bem. Nadia estava linda, e Mila não conseguia acreditar que, apesar do contexto, o Destino lhe enviara alguém como ela.

Sentou-se ao seu lado, cruzando as pernas. O sol começava a se pôr. Mila já havia visto aquela cena tantas vezes que empalidecia em comparação a Nadia. Podia ver o crepúsculo quando quisesse nesse mesmo local, mas só havia uma Nadia em um dia para lhe fazer companhia.

— Estava certa — disse Nadia. — É realmente lindo.

Mila fez um som em concordância. Os tons de laranja, vermelho e amarelo eram refletidos na água com perfeição, e o céu estava rosa, como uma pintura.

Elas assistiram ao espetáculo enquanto o astro terminava de desaparecer, e as primeiras estrelas começaram a despontar em meio ao azul-escuro.

— Já sabe para onde vai? — Mila indagou. Sua voz não foi mais alta do que o som das ondas quebrando na praia.

Nadia deu de ombros.

— Não. Talvez eu suba de novo no primeiro navio que encontrar e estiver disposto a aceitar uma tripulante.

Ela se deitou de costas, as mãos repousando sobre o peito. Manteve os olhos abertos, fitando o céu. Mila a imitou, mas manteve a cabeça virada para o lado, na sua direção.

— Você pode vir comigo — Nadia tentou. Seus olhos, castanhos e escuros, estavam molhados quando Mila a olhou.

Mila não podia.

Não podia abandonar sua família, seus irmãos.

Era a única coisa que não poderia fazer.

—Talvez da próxima vez — concedeu, com a voz quebradiça.

Nadia assentiu, mas seu sorriso se tornou triste.

— Sabe o que tudo isso significa? — ela divagou, franzindo o cenho. — Há a história sobre a lenda de Zeus. No começo, todos tinham quatro braços, quatro pernas e dois corações, tudo em dobro, mas só uma alma perfeita e imortal, até Zeus lançar um raio, que dividiu todos ao meio. Desde então, nós andamos pelo mundo tentando encontrar essa outra metade de nós. Acredita nisso?

Mila sacudiu a cabeça.

— Não sei. Mas não acho que seja uma questão de completar ou que algo esteja faltando. Acho que é sobre encontrar a pessoa que nos faz querer ser melhores, que desperta o melhor em nós. Alguém com quem temos uma ligação.

— *Hum* — fez Nadia. — Faz sentido. Eu queria ter conhecido você melhor.

Mila queria ir. Nadia queria ficar. Como nenhuma das duas teria o que desejava, Mila estendeu a mão até alcançar a de Nadia e entrelaçou seus dedos. Algo se aqueceu dentro de seu peito, e, quando Nadia retribuiu o gesto ao intensificar o aperto, Mila sentiu como se as peças que estavam espalhadas dentro de si se encaixassem para formar um lar.

— Nadia?

— Sim?

— Espero vê-la de novo.

Uma das ondas se quebrou em seus pés no mesmo instante em que Nadia respondia:

—Você verá.

Persépolis, 400 a.C.

A festa parecia estar durando por dias.

O palácio estava enfeitado com todas as cores que Nadia já havia visto na vida, e a maioria era vibrante e festiva. Tons de vermelho, amarelo e laranja dançavam pelas paredes e pelos tapetes, misturando-se ao calor dos archotes que iluminavam cada canto do salão.

Nadia apanhou uma taça de vinho da bandeja de um dos criados que passou por ela e bebericou. Era doce demais, e ela franziu os lábios, olhando ao redor do salão pelo mar de rostos que se estendia até onde sua vista alcançava. A música estava alta, mas não era uma de suas canções preferidas; ela gostava de melodias mais alegres, especialmente para um casamento daquela importância.

— Eles amaram suas mercadorias, ao que parece — comentou Aisha ao seu lado, entrelaçada ao braço de Ícaro. Eles a acompanhavam desde sempre em suas viagens comerciais. Apesar de ter começado de baixo, um dia, Nadia se viu entre a nobreza. — Estão todas sendo usadas. Por que não parece feliz?

— É claro que estou feliz — rebateu Nadia. — O Imperador está usando meus panos, e eu sou a nova favorita da família imperial. Por que não estaria feliz?

A última frase saiu mais amarga do que ela pretendia, mas não se importou em corrigir. Aisha franziu as sobrancelhas em desaprovação, enquanto Ícaro suspirava.

— Então, pare de olhar ao redor como se estivesse perdida — disse Aisha. — Há coisas mais importantes para fazer. Vá conversar com os filhos do Imperador.

Nadia apertou a taça de vinho.

— Eu só... queria *saber* — ela confessou, sem olhá-los. — Tudo sobre Antes está confuso. Por que eu não consigo me lembrar?

— Talvez você tenha tido poucos ciclos ao lado de seu Marcado — disse Ícaro. — Demora até se lembrar de tudo, e fica mais fácil conforme o tempo passa.

Nadia esfregou o pulso esquerdo. Havia apenas um emaranhado de linhas pretas, sem nenhuma frase. Não tinha ideia de quem poderia ser, do que essa pessoa iria lhe dizer pela primeira vez ou de qual seria sua aparência. Tinha a impressão, ademais, de que havia passado seu primeiro ciclo sozinha.

Sua única memória eram os olhos. Sabia que eram da cor de amêndoas, brilhantes, contornados por cílios longos e cheios de esperança. Estavam gravados em sua mente desde o momento em que se lembrara.

— Eu tenho quase certeza — disse Nadia, baixo — de que é uma mulher.

Seus amigos se entreolharam, e ela fingiu não ver.

— Ora, isto é... inesperado — Aisha comentou.

Nadia não podia culpá-los por não se importarem muito com as almas gêmeas. Nem todo mundo acreditava em frases aleatórias que apareciam em seus pulsos, assim como nem todos eram tão obcecados por amor e desesperados por encontrá-lo quanto Nadia. Aisha e Ícaro não tinham nenhuma marca em seus pulsos — às vezes, acontecia, e eles pareciam bem com isso.

Mas Nadia não estava. Era frustrante não se lembrar e, embora soubesse que podia acontecer, não queria passar esse ciclo sozinha. A marca por si só não mostrava o caminho; as duas partes tinham de se empenhar para dar certo. Especialmente em um mundo que julgava um erro marcas como aquela.

— Nadia — alguém a chamou. Ela esboçou um sorriso educado ao ver um dos parentes do Imperador se aproximar.

Tentou ser polida ao agradecer todos os elogios direcionados a si pelo "esplêndido trabalho nos tecidos" e pelas cores escolhidas. Ele não era o primeiro a tentar ganhá-la com galanterias e, aparentemente, não seria o último, mas ela simplesmente não tinha interesse, e não apenas porque não eram as palavras do cortejador que estavam desenhadas em seu pulso. Ele era lindo, mas nada mais.

Manteve a conversa o máximo que pôde antes de se desculpar brevemente pela necessidade de encontrar Aisha, uma justificativa para livrar-se do diálogo enfadonho. Deixou a taça de vinho em uma bandeja e estava pronta para seguir seu caminho quando se virou bruscamente e trombou com alguém, tão forte que sua cabeça girou.

— *Deuses!* Perdoe-me, eu não olhei por onde andava... — uma voz feminina disse, cheia de preocupação. — Está bem? Posso fazer algo por...

Ela não terminou, e Nadia ergueu os olhos para fitá-la. Aquela voz fez algo se agitar dentro de si, e, vagamente, a mercadora registrou o aquecimento em seu pulso. Imagens sem relação com sua realidade surgiram em sua mente, muito rápido para que pudesse distingui-las bem, mas o conjunto que formaram foi o bastante para despertar lembranças que estavam dormentes até então.

A mulher tinha as mãos estendidas em sua direção, como se fosse ajudá-la a se equilibrar, mas havia congelado, assim como a própria Nadia.

— Não se preocupe, eu estou bem — disse Nadia quando voltou a encontrar a voz. Pigarreou. Os olhos da mulher à sua frente eram da cor de amêndoas, e não conseguia deixar de encará-los.

A mulher franziu as sobrancelhas e abriu a boca, mas nenhum som saiu. Ela corria os olhos pelo rosto de Nadia sem saber onde prestar atenção, os dedos se remexendo ao lado do corpo.

—Você é... — Ela começou. — Digo, será que gostaria... Gostaria de passear um pouco do lado de fora? Posso mostrar-lhe os *Pairidaeza*.

Nadia sorriu.

— É claro. Eu adoraria.

A mulher retribuiu o gesto e, com um pequeno movimento de cabeça, indicou que a seguisse. Tiveram de passar pelas escadarias, enfeitadas com flores de romã e sementes, até cruzarem uma passarela para alcançar o exterior do palácio, onde Nadia foi conduzida em direção aos célebres jardins. As luzes eram tão fortes quanto no interior, apesar de a noite já ser avançada, e o brilho da lua banhava as folhas das palmeiras em prateado.

— Peço mais uma vez que me perdoe por ter tropeçado em você — disse a mulher quando chegaram ao centro do jardim, sem parar de andar. Havia bancos ao redor, e uma ponte levava à outra seção do palácio, mais à frente.

— Não precisa se desculpar, eu estou ótima. — Nadia abanou uma mão para afastar o assunto. — Mas acho que não fomos devidamente apresentadas. Eu sou Nadia.

— Eu sei — disse ela, corando. Nadia ergueu uma sobrancelha. — Todos falam sobre você, agora. Comentários e elogios sobre suas mercadorias. Acho que é a mais nova atração da corte. Há muitos boatos, também. Fofocas. Eu sou Mila, a propósito. Mila Kaligaris.

Lá estava a sensação de novo. O nome fez seu coração acelerar, e a marca em seu pulso coçou como se estivesse alertando-a, mas Nadia não precisava olhar para baixo para confirmar quais palavras estariam escritas em sua pele ou na pele de Mila.

— É claro que é — disse Nadia, em um tom muito mais carinhoso do que seria conveniente. — Bem, Mila, deixe que falem. Eu tenho coisas mais importantes com as quais me preocupar, no momento.

As bochechas de Mila coraram, formando uma imagem estranhamente familiar. Sua aparência estava diferente; suas feições não se pareciam com as anteriores, ou com o que Nadia podia se lembrar delas — a pele estava mais escura, os cabelos, mais compridos. Mila segurou um sorriso e encarou os olhos de Nadia.

— Não esperava que fosse você — ela confessou, com um tom quase alegre, que evitou questionamentos em Nadia.

— Estava esperando um homem? — Nadia perguntou. Algo lhe dizia que não era a primeira vez.

— Não — disse Mila, encolhendo os ombros. — Mas meus pais certamente estavam. Ficarão decepcionados quando descobrirem que meu noivo não é, afinal, destinado para mim e que não terão um herdeiro. — Ela parou por um momento e desviou os olhos de Nadia. — Isso a incomoda?

Não por sua causa, pensou Nadia.

— Não — disse. — Só teremos que ser mais cuidadosas. Mas acho que isso também não é algo inédito para nós, embora eu ainda não me lembre de tudo.

Mila assentiu. A luz da lua derramava uma cor prata em seu rosto, fazendo seus olhos castanho-claros refletirem ainda mais. Um vento quente soprou do leste, balançando seus cabelos, e Nadia ergueu uma mão para tirar uma mecha da frente do rosto de Mila sem nem pensar. Sentiu-a prender a respiração e viu-a acompanhar o movimento que o pulso fez para encaixar as madeixas atrás de sua orelha. Nadia deixou que sua mão escorregasse de leve para baixo, para percorrer o caminho até o pescoço de Mila em uma carícia suave; pôde sentir o arrepio sob seus dedos.

— Estou muito feliz por tê-la encontrado hoje — disse Nadia. — Achei que não conseguiria me lembrar de Antes, e talvez não nos conhecêssemos novamente.

— Eu também — confessou Mila. — Pensei que teria de passar mais uma noite ouvindo conversas sobre ouro e intenções escondidas.

Ela olhou na direção da entrada do palácio, por onde tinham escapado das festividades, e ao redor. Ao confirmar que não havia mais ninguém ali além delas, segurou as mãos de Nadia e começou a arrastá-la para trás com um sorriso. Nadia seguiu seus passos de boa vontade, com uma alegria infantil no peito, e logo estavam correndo pelo resto do caminho até o fim dos *Pairidaeza*.

As palmeiras e os arbustos floridos eram menos espaçados ali, o que cobria quase completamente a visão de quem estava no palácio sobre elas. Nadia empurrou Mila para que ela estivesse encostada ao tronco de uma palmeira e apoiou os dois braços ao lado de sua cabeça. A risada que Mila soltou foi o som mais adorável que Nadia já havia escutado.

— Seria muito avançado de mim pedir para beijá-la agora? — Nadia sussurrou, aproximando seu rosto ao de Mila até estarem dividindo a mesma respiração. A essa altura, já não se importava se alguém de fato as visse ou se aceitariam duas mulheres que fossem marcadas uma pela outra; estava muito ocupada com a sensação de *certo* que a cercava.

Mila colocou ambas as mãos na cintura de Nadia em um toque leve, como se pudesse tirá-las a qualquer momento, mas o sorriso permanecia intacto.

— Eu ficaria honrada — ela respondeu, baixando o olhar para os lábios de Nadia.

Nadia lhe sorriu de volta e segurou o rosto de Mila com uma das mãos. Um segundo antes de tocar seus lábios aos dela, viu a frase marcada em seu pulso: *"Não se preocupe, eu estou bem"*, e aquilo lhe pareceu alguma espécie de mensagem. *Bem* era um eufemismo para como se sentia agora.

Os lábios de Mila tinham gosto de mel, cravos e vinho; Nadia poderia passar horas beijando-os sem se cansar. Chegou à conclusão de que o Destino não havia sido tão cruel, mesmo que essa época também não tivesse sido feita para elas.

Sevilha, 1482

Estava chuviscando, e a noite estava fria. A lua mal iluminava o caminho à sua frente, e Mila puxou Filipe para mais perto de si, de modo a impedi-lo de tropeçar na lama que cobria todo o caminho que precisavam seguir desde a cidade. Travou o maxilar para que os dentes não batessem. A capa que usava era fina e curta demais para o clima; o capuz não cobriria seu rosto nem se mantivesse a cabeça baixa. Se alguém se aproximasse, estariam arruinados.

Não podem nos ver. Não podem.

Filipe tossiu uma de suas tosses roucas que rasgavam a garganta. Mila tapou sua boca, apressando o passo, e viu a cidade ficar para trás, coberta parcialmente pelas árvores. Sem demora, pôde ver a casa de madeira que procurava, de cuja chaminé saía uma fraca fumaça.

— Mila — Filipe chamou, puxando sua manga. — E se mamãe e papai descobrirem?

Mila parou de andar e se agachou na frente do irmão. A mão de Filipe que não segurava a dela estava apertada na frente do capuz para mantê-lo fechado, e seus lábios finos estavam roxos.

— Mamãe e papai não vão descobrir. Não podemos contar para eles, você entende? É importante.

Filipe olhou para os próprios pés.

— Mas eles disseram que elas são más.

Mila tirou os cabelos do rosto do irmão e segurou seus ombros.

— Filipe, eu sei que mamãe e papai não confiam na Irmandade, mas eu confio. Lembra-se de que ajudaram Isaac quando ele caiu do cavalo, e mamãe disse que não ajudariam? Elas irão ajudar você da mesma forma, e você ficará bem.

Filipe a encarou, os olhos arregalados e brilhantes na noite.

— Eu vou morrer?

— Não — disse Mila com firmeza, e rezou para não estar mentindo. — É claro que não. Nem pense nisso. Eu não deixarei nada acontecer a você. Eu prometo.

Ela beijou sua testa e se ergueu, segurando sua mão. Cruzou o caminho até a porta pesada de entrada e respirou fundo antes de bater três vezes.

Houve o barulho de cadeados sendo destrancados, uma corrente foi puxada, e abriu-se uma fresta da porta. Uma mulher alta e meio familiar estava do outro lado, com o olhar severo. Correu os olhos pelos dois jovens com escrutínio antes de falar.

— A Irmandade não atende ninguém sem encontro marcado. Principalmente no meio da noite. Volte amanhã.

— Por favor — Mila implorou, jogando uma mão entre a porta e o batente para evitar que a mulher conseguisse trancar a entrada. — Por favor, deixe-nos entrar. Nós precisamos de vocês. Meu irmão precisa de vocês, ele está doente.

A mulher olhou para a mão que barrava a porta. Poderia batê-la de qualquer forma e quebrar todos os dedos de Mila, cuja família morreria de fome sem o seu trabalho. Seu pai não conseguia sustentar todos sozinho, Isaac estava prestes a casar com sua alma gêmea e ter sua própria família para sustentar, e Roxanne…

— Quem é você? — a mulher indagou severamente. — E o que quer aqui?

— Mila — ela disse. — E meu irmão, Filipe. Ninguém sabe o que ele tem, e ele está muito doente, *por favor*…

— Você é a garota Kaligaris — a mulher disse, os olhos estreitando-se. Mila não poderia culpá-la, mesmo se quisesse. Seus pais eram grandes opositores públicos da Irmandade, e, embora ninguém dissesse em voz alta, todos sabiam que eram delatores para a Inquisição. — Não recebemos sua família aqui.

— Eu sei — disse Mila, desesperada. Filipe tossiu ao seu lado, e seu coração se apertou. — Mas meu irmão não tem nada a ver com o que nossos pais pensam. Por favor, vocês… Vocês são nossa última esperança.

— Aisha — disse uma voz vinda de dentro, mais clara e leve do que a da mulher ali. A marca no pulso de Mila esquentou, mas ela se forçou a não olhar para baixo. — Não seja cruel. Deixe-os entrar.

— São Kaligaris — Aisha rosnou.

— Seja razoável, o menino está doente. Deixe-os entrar.

— Que fiquem por sua conta — Aisha disse, afastando-se. A porta se abriu com um rangido, e Mila guiou Filipe para dentro.

O ar estava quente, fruto da lareira que queimava no canto da sala. Mila não sabia o que esperar do interior, mas o espaço tinha a aparência de uma casa normal. O chão era coberto por um tapete de pelos, e o cômodo não era ocupado por quase nenhum móvel. Uma escada levava para cima, logo ao lado de um corredor, mas a sala parecia ser o único lugar com vida ali. As velas e os incensos lançavam pequenas nuvens de fumaça, e, com espanto, Mila percebeu que mudavam de cor.

A mulher agachada perto da lareira esticou a mão para os convidados, e Mila deparou-se com um par de olhos castanhos, triangulares, gentis, familiares. Muito familiares.

A marca em seu pulso queimou. Mila flexionou os dedos.

— Não precisa ter medo — a mulher disse. — Sentem-se. Eu posso cuidar de seu irmão.

Filipe se sentou. Mila não conseguiu desviar o olhar dela enquanto se ajoelhava no tapete, esfregando o pulso para ver se aquela sensação ia embora e recusando-se a enxergar o que estava escrito. A cruz pendurada na corrente ao redor de seu pescoço balançou quando se agachou.

— Filipe, não é? — a jovem disse para o irmão de Mila. Ele assentiu. — Feche os olhos, Filipe. Meu nome é Nadia, preciso ver o que você tem. Você sentirá cócegas, mas nada mais. Precisa descansar.

Filipe olhou para Mila em busca de confirmação. Só obedeceu quando ela lhe deu um sorriso encorajador.

Nadia segurou o rosto do menino com as duas mãos. A fumaça do incenso mais próximo ganhou um tom amarelado, e Nadia franziu as sobrancelhas. Os olhos de Filipe se reviraram nas órbitas, e ele caiu para trás com um suspiro.

— Filipe! — Mila o apoiou nos braços para que ele não batesse no chão. Sua respiração estava estável, mais leve do que antes, saindo em lufadas que não se prendiam na garganta.

— Ele ficará bem — Nadia disse à irmã, colocando uma almofada sob a cabeça de Filipe para acomodá-lo. — Só precisa dormir. Os incensos irão ajudar com a infecção nos pulmões. Filipe irá se recuperar.

Os olhos de Mila arderam.

— Obrigada — disse, olhando para ela.

Nadia sorriu.

— Fique aqui. Eu buscarei cobertores.

Ela retornou alguns minutos mais tarde, trazendo duas mantas e uma caneca quente. Juntas, cobriram Filipe com um dos cobertores. Nadia colocou o outro sobre o colo de Mila, sentada junto à parede, de frente para o irmão. Quando lhe estendeu a caneca, suas mangas se moveram apenas o suficiente para mostrar os pulsos.

"Não precisa ter medo."

"Obrigada."

Nadia se sentou ao seu lado e manteve o corpo virado para ela.

— Camomila? — Mila perguntou, indicando o chá.

— Eu acertei?

— Como sempre.

O sorriso de Nadia se alargou. Mila levou a caneca aos lábios, mas suas mãos tremiam tanto que parou para não derramar o chá e sujar o tapete.

—Você se lembra? — perguntou Nadia. Sua voz saiu baixa, como se ela estivesse receosa sobre a resposta.

— Algumas partes — disse Mila. Segurou a caneca com as duas mãos, tentando aquecê-las, embora soubesse que o tremor não era de frio. — Eu não tenho como pagá-la por isso. Por ajudar Filipe.

—Você pode voltar amanhã. Ou depois de amanhã. Ou na noite depois daquela. Pode voltar em todas, se quiser. Eu não cobro as coisas de você, Mila.

O som de seu nome deixando os lábios de Nadia fez algo se agitar dentro de si. Ela sabia seu nome, sem que tivesse dito. Era prova suficiente de que também se lembrava, se não de tudo, ao menos de algumas partes, como ela.

— Não está com medo? — Mila parou de fitar a caneca como se o objeto fosse lhe revelar algum segredo e encarou Nadia. — A Inquisição está apenas esperando algum deslize para acusar a Irmandade. Meus pais mal podem se conter à espera do dia em que finalmente irão denunciá-las. Nunca poderemos deixar que vejam nossas marcas.

Um olhar triste passou pelo rosto de Nadia. Desde sempre, sabiam que, se fossem descobertas pelas pessoas erradas, receberiam um estigma muito pior do que o estampado em seus pulsos.

— Nunca pudemos — ela disse. — E é claro que estou com medo. Sei que você também está. Mas isso, *nós*... É algo pelo que sempre estarei disposta a lutar.

Mila sentiu seus lábios se repuxarem em um pequeno sorriso involuntário. Ela havia sentido falta disso, da certeza que Nadia tinha e do modo como sempre sabia a coisa certa a dizer para acalmá-la.

— Eu gostaria disso — disse. Olhou para Filipe, que dormia pacificamente, com a respiração sem engasgos, o rosto livre de marcas de desconforto. Mila podia sentir suas próprias pálpebras pesarem de cansaço, mas e se ele acordasse, como nas outras noites, sem conseguir respirar? E se ela não estivesse acordada para ajudá-lo?

— Você pode dormir — disse Nadia, como se lesse seus pensamentos. — Posso ver que está exausta. Não se preocupe, eu posso olhar Filipe em seu lugar.

— Não quero incomodar.

— E não irá. Eu não me importo em cuidar de seu irmão. Sei o quanto ele significa para você. Tê-la aqui é uma alegria para mim, não um incômodo.

As bochechas de Mila esquentaram.

— Você continua a mesma — brincou. — Não consegue ficar sem usar charme com as pessoas.

— Eu garanto, o que lhe digo é muito mais do que charme.

Mila deu risada, a primeira genuína desde muito tempo. Balançou a cabeça, sem acreditar que havia encontrado Nadia de novo nessa situação.

Encostou-se de vez à parede, mais tranquila com a ideia de que Filipe não ficaria sozinho se ela pegasse no sono. Mas não dormiu imediatamente. Ela e Nadia conversaram em vozes baixas por muito tempo, até que terminasse de tomar o chá e o fogo na lareira perdesse intensidade. Mila sorriu com as histórias que compartilharam, tanto que seu rosto começou a doer. Quase se esqueceu do perigo que corriam.

Mal percebeu quando seus olhos começaram a se fechar. Tentou lutar contra o sono, só para poder ouvir a voz de Nadia por mais alguns minutos, ou horas. Foi em vão, no entanto. A fadiga de ter passado noites em claro cuidando de Filipe, somado às horas de trabalho no campo para ajudar a família, finalmente a alcançou, e ela escorregou até estar deitada no chão.

Nadia tirou a caneca de suas mãos e suspendeu o cobertor para cobri-la. Mila se remexeu quando ela se afastou, tentando segurar sua mão.

— Relaxe, estou aqui — Nadia sussurrou. — Durma. Não irei a lugar algum.

Mila abraçou o cobertor e se colocou mais perto de Filipe, só por precaução. Seu corpo estava pesado, e ela nem sequer abriu os olhos para se realocar. O cheiro dos incensos ficou mais forte, e ela podia perceber, através das pálpebras fechadas, suas cores suaves se alternando.

Antes de adormecer, Mila sentiu lábios macios tocando sua testa. Percebeu que a marca em seu pulso esquentou, de uma maneira reconfortante e prazerosa, como se estivesse sendo abraçada.

— Boa noite, Mila.

Florença, 1514

— *Isaac, segure!*

Mila atirou a bolsa em sua direção e se desviou do guarda que partira para cima dela. Abaixou-se e passou uma perna por baixo dele para derrubá-lo. Pelo canto dos olhos, viu Isaac se livrar de outro homem, enquanto passava a alça da bolsa pelos ombros, e disparar em uma corrida até a saída. Quando o próximo guarda se aproximou, Mila não se deu ao trabalho de tentar lutar: agarrou seu arco caído e correu atrás de Isaac.

— Fechem as portas!

A ordem foi dada tarde demais. Mila e Isaac estavam com os pés para fora um segundo antes de as enormes portas de madeira serem batidas e trancadas.

— Onde está Roxi? — Mila perguntou, permitindo-se parar por um momento. Não conseguia ver a irmã nos arredores, como haviam planejado, e a culpa por ter envolvido os dois nisso a atingiu.

— Ali, está vindo.

Roxanne acabava de dar a volta no Domo e se adiantava para eles com um sorriso, carregando uma bolsa menor, mais pesada, na mão. Ela mal havia os alcançado quando um novo grupo de homens armados surgiu da lateral da construção, berrando ordens de rendição.

— Temos que ir. — Mila agarrou o cotovelo dos irmãos e os empurrou para frente.

Ela se viu correndo, mais uma vez, lutando contra a vontade de olhar para trás e ver o quão longe estavam dos guardas. Se os alcançassem, estariam mortos; seriam trancados nos calabouços para aguardar o dia da execução pela forca, sem direito a julgamento. Ela fizera de tudo, até agora, para garantir que seus crimes nunca fossem longe demais e tivessem a possibilidade de perdão e que seus irmãos não fossem condenados por seus pecados. Mas não havia absolvição para o que acabaram de fazer.

Por Deus, roubamos o Domo de Florença.

Uma flecha passou assobiando por sua orelha. Por mais que as ruas estivessem cheias de pessoas — nada surpreendente para aquela hora da tarde —, parecia que os guardas não se importavam com a possibilidade de atingirem um inocente. Mila empurrou os poucos transeuntes que insistiram em ficar na sua frente e teria conseguido despistar os guardas, não fossem os novos ajuntamentos de sentinelas que vinham das ruas da frente e da lateral.

Firmou os pés no chão até derrapar e se virou para os irmãos.

— Vamos nos separar, podemos despistá-los assim. Vocês sabem o ponto de encontro. Tenham cuidado.

Roxanne franziu os lábios.

— Mila...

— *Agora* — Mila disse; e não ficou para ver Isaac puxando a irmã pelo pulso.

Não teria se separado deles se não soubesse que os guardas mudariam todo o foco para si. Pelo mesmo motivo, havia deixado o resultado do roubo com os irmãos. Afinal, era *dela* que estavam atrás.

Suas pernas queimavam a cada passo; no entanto, precisaria apenas virar mais uma rua para conseguir fugir. Então, poderia se encontrar com Roxi e Isaac novamente, depois com Filipe, e a recompensa pelo roubo seria tão alta que eles teriam o suficiente para ir embora de Florença — talvez até da Itália. Mila seria capaz de partir para um lugar onde ninguém saberia seu nome e não seria caçada. Seria o mais próximo de liberdade que já tivera, e ela poderia, finalmente, dar uma vida pacífica aos irmãos e não os obrigar a viver como criminosos.

Mila só tinha de correr um pouco mais, já era mais rápida do que os guardas pela falta de armadura, só precisava virar a rua e...

Colidiu tão forte com alguém que todo o ar foi expulso de seus pulmões. O choque a levou para frente com violência, e ela e a outra vítima foram ao chão, sem tempo para amparar a queda. Mila rolou um metro e parou, apoiando-se nas mãos e torcendo para a cabeça parar de rodar. Tossiu algumas vezes, ouviu um rebuliço ao redor e algumas pessoas falando por cima das outras, sentiu seu pulso ardendo e, *cazzo*, precisava ver onde os guardas estavam, mesmo que sua visão estivesse turva devido ao impacto.

— *Mila?!*

O coração de Mila parou.

Não, não, não pode ser.

Ergueu os olhos para encarar a pessoa com quem havia trombado. Ela estava caída ainda, assim como Mila, e seus olhos estavam arregalados em descrença, uma mistura de incredulidade e esperança. Aqueles mesmos olhos castanhos que eram a única memória constante de Mila, a única imagem de que ela nunca se esquecia.

Nadia.

O tempo pareceu parar por um instante. Foi o suficiente para Mila registrar o cenário ao seu redor: os guardas se aproximando; as pessoas em volta de Nadia, tentando ajudá-la a se levantar e perguntando se estava machucada, com uma preocupação além do necessário; a rua toda parada diante da cena; o vestido de seda que Nadia usava; as joias que contrastavam com sua pele; e o emblema dos Médici costurado em sua manga.

Mila quis chorar.

— Não — sussurrou, sem conseguir desviar o olhar de Nadia. Mila se pôs de pé, trêmula, mas não conseguiu se mover mais do que isso. Seu corpo estava preso ao assalto das memórias que não haviam aparecido até então — as memórias que só voltariam quando encontrasse Nadia nessa vida.

Não.

— Eu já disse que estou bem, soltem-me, eu preciso… — Nadia tentava afastar suas servas, sem tirar a atenção de Mila.

— Parem-na imediatamente! — um guarda berrou, e seu subordinado mirou uma flecha no coração de Mila.

De novo, não.

Nadia pulou para o lado e empurrou o braço do homem. A dor que despontou na lateral de seu corpo fez Mila acordar do transe. A ponta da flecha havia passado de raspão, mas o bastante para tirar sangue.

Mila deu um passo atrás, como se seu corpo se recusasse a deixar Nadia, mas ela tinha que ir. Precisava colocar seus irmãos em primeiro lugar.

— Mila, espere, não, eu...

Mila não esperou. Não podia fazer isso dessa vez. Não depois da última.

Por mais que tentasse, Nadia não conseguia dormir. Os travesseiros estavam muito desconfortáveis, os cobertores estavam frios, e nenhuma posição a acalmava. Tentara se ocupar com um de seus livros, mas nenhum deles havia conseguido distrair sua mente dos eventos da tarde.

Conheci Mila e a perdi no mesmo momento.

O pensamento a fez fechar os olhos com força. Havia estado tão perto dela e sequer tivera a chance de tocá-la, exceto pela colisão nada elegante que as derrubara. Desde que a lembrança dos olhos de Mila retornara, pensava no dia em que se conheceriam nessa vida. Certamente seria um ciclo mais gentil do que o anterior, ela tentava se convencer todos os dias.

Mas o olhar de horror que Mila lhe lançara na rua antes de ir embora a fez temer o futuro.

Com um suspiro, Nadia jogou as cobertas para o lado e se levantou. Precisava de água, ou qualquer coisa que interrompesse seus questionamentos. Estava preparando um copo na mesa em frente à cama quando escutou:

— Talvez Florença não tenha sido minha melhor ideia, afinal.

Nadia virou-se em um rompante, quase derrubando a água em si mesma.

Mila estava sentada no batente da janela, como se não tivesse nenhuma preocupação. A brisa que vinha de fora sacudia seus cabelos, assim como fazia as cortinas esvoaçarem. A luz da lua era a única coisa que a iluminava, contornando sua silhueta, pois o céu noturno estava sem estrelas, mas Nadia não precisava de muito mais para reconhecê-la.

— Como chegou até aqui? — perguntou, baixo. Abandonou o copo que segurava e deu um passo à frente, sem acreditar completamente que isso era real.

Mila quase sorriu, mas sua expressão era fechada.

— Você precisa de uma segurança melhor. Não foi tão difícil.

Nadia abriu a boca para responder, mas nada saiu. Ela se aproximou mais um passo, a mão estendida, porém se conteve quando Mila ficou tensa. Seus olhos cor de amêndoas estavam opacos, e o coração de Nadia se apertou. Havia alguma coisa errada.

— Então — disse Mila, ajeitando-se no parapeito para colocar as duas pernas dentro do quarto. — Você é uma Médici.

— Sim. — Nadia assentiu. — Acho que as coisas mudam muito, de vez em quando.

Ela percebeu que não foi o certo a dizer quando Mila sacudiu a cabeça com um sorriso depreciativo.

— Eu deveria ter imaginado que o Destino não seria tão bom a ponto de nos dar uma pausa.

Nadia franziu as sobrancelhas.

— Do que está falando?

—Você sabe do que estou falando. Olhe para nós, Nadia. Nós somos muito diferentes.

— Isso não é verdade...

— Eu sou uma mercenária — Mila se enfureceu, embora Nadia soubesse que não era o motivo dessa reação. — Eu acabei de invadir o Domo e roubá-lo. Você é parte dos Médici. Isso nunca acabará bem.

— Mas pode acabar — Nadia insistiu. Terminou de cruzar a distância que as separava e segurou as mãos de Mila entre as suas. O toque mandou um arrepio por todo o seu corpo, como se dissesse *sim, aí está você, finalmente*. A marca em seu pulso esquentou, e Nadia apertou as mãos de Mila. — Eu nunca a julgaria por ser quem é. Nós estamos aqui agora. Podemos fazer funcionar.

— Você não pode mesmo acreditar nisso, Nadia — murmurou Mila, erguendo os olhos para fitá-la. — Você... Você se lembra... — Sua voz falhou, trêmula. — De Sevilha, não se lembra?

Os joelhos de Nadia fraquejaram diante da pergunta. Sevilha era uma das memórias que gostaria de não ter recuperado, mas como poderia esquecê-la se fazia parte de seus piores pesadelos? Era impossível esquecer a fogueira.

Na primeira vez em que havia sonhado com a vida passada, acordara suando frio e chorando, com a imagem de Mila sendo arrastada e amordaçada. Tal tormento pregou-se em suas pálpebras. Então, havia sentido o calor do fogo, enquanto brados sobre heresia se tornavam mais altos e Mila lutava para alcançá-la, mesmo enquanto a amarravam a outra estaca.

— É claro que me lembro — respondeu por fim, a voz embargada. — Mas é por isso. Faz tão pouco tempo desde... desde a última vez. Apenas trinta e um anos; não é comum para voltar. Esse pode ser o modo de o Destino dizer que merecemos outra chance.

— Eu acho que o Destino está tentando nos dizer outra coisa.

Nadia parou. Mila estava olhando para baixo, mexendo em suas mãos, com uma expressão cuidadosamente controlada.

— Mila, o que está dizendo? — Nadia sussurrou, o medo fechando-se ao redor do coração como um punho.

Mila travou os dentes e fechou os olhos antes de olhar para cima, para Nadia, novamente.

— Estou dizendo — ela falou, os olhos vermelhos pelo esforço de segurar as lágrimas — que isso é cruel demais. Eu não consigo me lembrar de um mundo em que fomos livres. Não pode me convencer de que é o mesmo para todos os outros marcados. E eu *não aguento* passar por Sevilha de novo. Não consigo.

Ela parecia tão perdida que Nadia não soube como responder. Tocou seu rosto com uma mão e acariciou sua bochecha, tentando transmitir algum conforto que ela própria não sentia.

— Você não irá. *Nós* não iremos. Esta é outra vida. Você sabe que a marca por si só não é a resposta. Nós precisamos lutar.

— Só o que fizemos foi lutar — Mila rebateu. Ela retirou as mãos do aperto de Nadia, e Nadia sentiu como se um pedaço seu fosse tirado junto. — Eu tenho que cuidar de minha família, Nadia. Não posso deixar meus irmãos sozinhos e não posso colocá-los em mais perigo do que já estão.

— Eu posso garantir que eles fiquem a salvo. E você também. Ninguém precisa saber que estão aqui.

— Pare de mentir para si mesma, Nadia — Mila pediu. — Não torne isso mais difícil. Por favor.

Mas eu esperei a minha vida toda por você, Nadia queria dizer. Era Mila, e sempre seria Mila. Estava disposta a arriscar tudo de novo se fosse para ficar junto a ela e sentir que seu coração não estava mais gritando por alguém. Mas jamais forçaria Mila a fazer algo contra sua vontade, por mais que lhe doesse aceitar o que estava pedindo.

— Você vai embora, não vai? — perguntou, mesmo que já soubesse a resposta.

— Eu sinto muito — disse Mila, e foi o bastante.

Nadia piscou para impedir as lágrimas de caírem. Assentiu. Não podia culpar Mila por aquela decisão. Ela mesma estava aterrorizada e, se pudesse, apagaria Sevilha de sua mente para sempre. Não os bons momentos, não. Apesar de tudo, todas as horas que passara ao lado dela valiam a pena ser guardadas e valorizadas.

E registradas.

— Posso lhe mostrar algo antes?

Mila há muito fixara seus olhos em Nadia, mas eles se tornaram mais atentos. Ela assentiu e não protestou quando Nadia pegou sua mão, entrelaçando seus dedos, e a puxou levemente para que levantasse. Deixou que Nadia a guiasse até uma porta lateral, que escondia uma antessala privada, para a qual somente Nadia possuía a chave. Não questionou aonde estavam indo ou o que estava fazendo; Nadia só pôde desfrutar do nível de confiança que ela ainda tinha em si, mesmo após tanto tempo e tempo nenhum.

Destrancou a porta e hesitou apenas um segundo antes de abri-la. Soltou a mão de Mila para acender as velas que deixava espalhadas estrategicamente pela sala ampla. Ia até ali tantas vezes que não precisava de luz para saber onde cada uma delas estava. A antessala foi se clareando aos poucos, conforme Nadia passava os fósforos. Nadia estaria mentindo se dissesse que não se manteve de costas de propósito, principalmente ao ouvir a exclamação de Mila.

Eram quadros. A sala era coberta por eles, grandes e pequenos, elaborados e simples, cheios de vida ou apagados. Alguns estavam pregados às paredes, outros continuavam nos cavaletes, uma minoria permanecia inacabada no chão.

E todos haviam sido pintados por Nadia.

Ela escutou os passos de Mila, cautelosos, aproximando-se de um deles. Nadia não conseguia se virar — se Mila a odiasse por aquilo, não saberia como reagir. Os quadros eram uma parte de si, de mais jeitos do que um.

—Você pintou nossas vidas? — Mila disse, sem fôlego.

Nadia tomou coragem para girar nos calcanhares e se permitiu encará-la. Mila fitava um dos quadros que ainda estava no cavalete, apesar de já estar acabado. Nadia nunca havia se convencido de tirá-lo dali, do centro do quarto. Não era o maior quadro, nem de longe, mas fora o primeiro que pintara, e era desse que mais gostava.

O céu tinha a mesma tonalidade daquela vez, um azul-escuro permeado por pontinhos brancos, sem nenhuma nuvem. Sobre a areia da praia, próximo ao mar, duas figuras estavam de mãos dadas.

Os olhos de Mila se moveram pelos outros quadros, sem piscar. Alguns eram apenas paisagens de lugares que haviam marcado suas memórias, mas a maioria eram retratos de Mila em diferentes ocasiões — sorrindo, perdida em pensamentos, no meio de uma fala. Alguns tinham tantos detalhes que Nadia se surpreendia por ter conseguido se lembrar de tanto.

Um pequeno sorriso sincero iluminou o rosto de Mila enquanto ela observava cada uma das pinturas, e Nadia sentiu o coração se aquecer. Fazia tanto tempo que não a via feliz e que esperava encontrá-la que seu único desejo era puxá-la para seus braços.

Mas se conteve ao ver o sorriso de Mila desaparecer. Nadia viu seus olhos se encherem de lágrimas mais uma vez ao mirar o quadro que deixava quase escondido no canto da sala. Era simples, mas carregava muito. Uma fogueira, queimando tão forte que parecia cegar quem olhasse diretamente para ela.

Mila se virou para Nadia.

— Eu sinto muito — ela disse, tremendo. — Eu sinto muito por não ter conseguido nos salvar.

Nadia balançou a cabeça.

— Não... — Ela se aproximou. — Mila, não foi sua culpa. Eu também não pude fazer nada. Não é culpa de ninguém além daqueles que nos queimaram.

Mas Mila estava negando, e dessa vez as lágrimas escorreram com facilidade, de um modo que fez as barreiras de Nadia se quebrarem.

— Era minha responsabilidade — disse Mila. — Eu sinto muito, eu sinto muito...

Mila a beijou antes que pudesse responder. Segurou o rosto de Nadia com as duas mãos, e, embora seus lábios fossem exigentes, seu toque foi gentil. Mila era sempre gentil, mais gentil do que o mundo merecia dela.

Nadia retribuiu o beijo com a mesma intensidade. Passou os braços pela cintura de Mila e a puxou para mais perto, colando seus corpos. Inclinou a cabeça para o lado para aprofundar o beijo e começou a retroceder em direção à porta. Mila seguiu seus passos, sem se separar de seus lábios, e Nadia podia sentir o desespero que ela mesma colocava em cada toque, porque sabia que, como Antes, elas não passariam dessa noite.

Alcançaram o quarto, e Nadia encostou Mila na parede ao lado da cama. Mila desfez o laço que prendia seu robe e passou as mãos de leve por seu ombro, intencionando deslizar a peça para baixo e deixá-la cair no chão. Nadia se arrepiou quando a brisa noturna tocou sua pele descoberta, protegida apenas por um pano fino de dormir. Abandonou os lábios viciantes de Mila para trilhar beijos por sua mandíbula e descer até o pescoço, onde sabia que ela era sensível. As mãos de Nadia buscaram a barra de sua blusa para erguê-la, mapeando cada ponto de seu corpo com fervor, mas ela parou quando Mila soltou um som de dor.

— Mila, o que... — Nadia se afastou, atordoada, e olhou para o lugar em que sua mão estava pousada.

Havia uma mancha escura ali, na lateral de seu corpo, e a blusa estava rasgada. *Sangue*, percebeu Nadia.

— Está ferida. — Ela tentou se afastar mais, mas Mila pegou sua mão.

— Eu estou bem. Não é nada. Eu prometo.

Mila sorriu e voltou a beijá-la, com mais calma agora. Nadia queria perguntar se estava muito machucada, mas as palavras não saíram. Beijar Mila era sempre uma experiência nova e especial. Ela colocava tudo numa única ação, num único propósito, e Nadia se sentia inundada. Só o que podia fazer era retribuir e tentar demonstrar o quanto Mila significava para ela sem palavras.

Elas se deitaram na cama com a mesma calma, como se tivessem todo o tempo do mundo. Despiram-se devagar, memorizando e redescobrindo o corpo uma da outra. A mão de Nadia tremeu quando passou por cima do ferimento deixado pela flecha, agora livre de qualquer tecido, e Mila a segurou mais uma vez, confortando-a com o olhar e com mais um sussurro de "eu estou bem". Mas os olhos de Nadia arderam do mesmo jeito, pois ela não estava bem. *Elas* não estavam bem.

Não haveria final feliz, e Nadia não podia aceitar como o mundo as tratava, com a injustiça de terem seu amor considerado pecado, uma abominação, *errado*. Ela queria mais. Queria Mila. Queria ser livre.

Deveria ter sabido melhor quando aquela única palavra se traçou em seu pulso.

"*Não.*"

Mila limpou suas lágrimas com os polegares e sorriu um sorriso triste. *Eu sei*, o sorriso dizia. Elas se amaram sem pressa e com o maior carinho que o momento permitia. Nadia fingiu que essa noite poderia durar para sempre.

Mais tarde, ela também fingiu que não doeu ver Mila se levantar e ir buscar suas roupas para se vestir. Encolheu-se mais sob as cobertas e fechou os olhos. Usou toda a força que lhe restava para tocar a mão de Mila quando esta se sentou para colocar as botas; e mais ainda para proferir as próximas palavras em uma última tentativa:

— Fique. Por favor.

Mila parou. Nadia viu seu peito se mexer quando ela respirou fundo. Mila se virou e deitou-se ao seu lado, passando um braço ao redor de sua cintura.

—Vou ficar. Mas não estarei aqui quando acordar.

Nadia se aconchegou, encaixando a cabeça acima de seu ombro.

— Parece justo.

Não parecia. Parecia a pior coisa do mundo.

Londres, 1885

O pub fervilhava àquela hora da noite, ocupado por homens nobres em busca de discrição, alguns bêbados jogando cartas e outros que conversavam alto. Havia cheiro de conhaque no ar, misturado a suor, e barulho de conversas altas.

Muitos homens queriam a atenção de Mila, e alguns ela já havia atendido, mas não conseguia deixar de reparar em um deles, sentado ao balcão. Já estava ali fazia horas, quase desde que a própria Mila chegara ao estabelecimento, e não se movera desde então. Ele mantinha a cabeça baixa, concentrado em seu livro, e permanecia de chapéu e casaco grosso, o que impedia Mila de ver seu rosto. Ele sequer tinha uma bebida na frente; as atendentes já haviam desistido de oferecer algo após todas as negativas.

Mila estava curiosa, para dizer o mínimo.

O que tenho a perder, afinal?

Dando de ombros para si mesma, ela caminhou até o banco ao lado do homem, as saias ondulando ao redor de seus pés. Sentou-se virada para ele, de modo a avaliá-lo, apoiando a cabeça no braço erguido sobre o balcão. Forçou um de seus melhores sorrisos e cruzou as pernas, de forma que a saia subiu para mostrar a pele.

— Quer se divertir um pouco hoje? — perguntou arrastando a voz.

Ele não se moveu.

— Não estou interessado.

Um arrepio percorreu os braços de Mila, um incômodo formando-se em seu estômago. Mesmo dessa posição, não podia ver o rosto dele de forma clara, pois o chapéu lançava sombras sobre si.

Podia, porém, ler o nome do livro em que parecia estar tão focado. *As Flores do Mal*, de Baudelaire, uma obra que Mila conhecia por cima.

— Não pode achar a leitura mais prazerosa do que a companhia de uma mulher — ela rebateu, ignorando a clara dispensa a despeito da pose. Como ele seguiu em silêncio, Mila agarrou seu cotovelo para virá-lo à força. —Vamos, pague-me uma bebida e... *Oh*.

Ela congelou. Finalmente, conseguiu ver o rosto do sujeito ao seu lado, e não soube como reagir.

Estava fitando olhos castanhos que conhecia.

Conhecia muito bem.

—Você... — *ela* gaguejou. — Mila...

Os olhos de Nadia, arregalados, percorreram todo o seu rosto várias vezes e, então, suas roupas e sua pose, sem acreditar que era ela. Mila continuou sem se mexer. Nadia vestia roupas masculinas, calças grossas e largas, sobretudo pesado a esconder o formato de seu corpo, o cabelo estava todo coberto por baixo do chapéu preto. Por que estava vestida assim? O que fazia ali? E por que a olhava com aquela expressão?

— Você é uma prostituta?!

A pergunta em tom de acusação fez Mila se encolher, o coração apertando. A mão que ainda segurava o cotovelo de Nadia o soltou e ficou parada no ar. Não era algo de que sentia vergonha, normalmente, apesar de também não ser algo de que se orgulhava, mas evitava pensar muito em sua "profissão". Ainda havia um preconceito ao redor de Marcados que se envolviam com quem não lhe fora destinado.

— Bem, nem todos de nós somos ricos — disse Mila, ácida. Não precisava ser tão perceptiva para saber que o tecido e a costura das roupas de Nadia eram de alta categoria. — Alguns têm de se preocupar em sobreviver.

Não queria ser defensiva com Nadia, mas sua presença despertara memórias que — mesmo se odiando por isso — preferia esquecer, pelo menos por mais um tempo. Olhou em volta para ver se alguém prestava atenção nelas.

— Não foi isso que quis dizer — disse Nadia, abrandando a voz. — Eu não julgo você por isso. Só estou surpresa.

Mila cruzou os braços sobre o balcão, olhando para baixo.

— Não é só isso que faço — disse, puxando uns fios que estavam descosturando-se de sua manga. — Faço parte de uma companhia de teatro. Eu e meus irmãos, e mais alguns atores e músicos. Nós nos apresentamos em algumas cidades. Chegamos a Londres há cinco noites.

Era melhor dizer a verdade de uma vez, para que Nadia não criasse expectativas — se é que fosse criar alguma depois de descobrir que Mila era uma prostituta, embora tivesse dito não se importar. Mila sabia que ela era uma romântica por natureza. E Mila não valia tanto à pena assim para deixar passar algo que deveria ser importante para almas gêmeas.

Não demorou para Nadia entender o que estava dizendo.

Já era uma ocorrência comum.

— Você vai embora de novo — o tom de acusação estava de volta, e Mila viu sua mandíbula ficar tensa.

— Parece justo, não parece? — rebateu Mila, dura. — Você vai embora duas vezes, eu vou embora duas, e na outra nós morremos. Acho que ficaremos quites, no fim.

Suas palavras saíram com mais crueldade do que ela pretendia, mas não havia como retirá-las. Havia fogo correndo em suas veias e não sabia se era cansaço por ser sempre julgada, raiva porque o Destino resolvera continuar brincando com elas ou tristeza por constatar que teria de partir seu próprio coração e o de Nadia mais uma vez.

A expressão de Nadia fez parecer como se tivesse levado um tapa. Seus olhos brilharam com lágrimas, e Mila se odiou um pouco mais por ter sido ela a causar aquilo.

Estava *tão* cansada disso.

— Eu sinto muito — disse, toda a luta deixando seu corpo de uma vez. — Não sei por que estou reagindo assim. Eu só não esperava encontrá-la de novo.

— Por causa da última vez?

Mila assentiu, hesitante por seus pensamentos. Como poderia explicar sem piorar as coisas e dar sentido ao que sentia?

— Achei que o laço tivesse sido quebrado.

Nadia franziu as sobrancelhas.

— Ele não se quebrou com as primeiras três vezes. Por que teria se quebrado com a última? — A falta de resposta a fez se afastar. — Você queria que tivesse se quebrado?

Mila ficou em silêncio.

Queria?

Era essa a resposta, a resposta verdadeira?

Como poderia responder de forma sincera se nem mesmo ela sabia exatamente o que queria?

Não é verdade, disse uma vozinha em sua mente — muito parecida com a sua própria, inclusive. *Você sabe o que quer. Quer Nadia. Sempre quis Nadia.*

E, de fato, não era essa uma das poucas certezas de sua vida? Além de seus irmãos, Nadia havia sido uma constante que a mantivera ancorada à realidade nos piores e nos melhores momentos. Era com os olhos de Nadia que sonhava todas as noites, mesmo que, às vezes, os sonhos fossem permeados por fogo e lágrimas. Era do sorriso de Nadia que sentia falta quando estavam separadas, o que acontecia na maior parte de sua existência. Queria Nadia, com sua risada alta, suas manias estranhas e seu coração enorme.

Também queria que, por pelo menos uma vida, elas não precisassem contrariar o mundo todo para ficarem juntas.

— Não — Mila respondeu, por fim. — Eu não queria que tivesse se quebrado. Eu jamais iria querer quebrar minha ligação com você.

A tensão nos ombros de Nadia se dissolveu, e um pequeno sorriso se desenhou em seus lábios. Ela cobriu a mão de Mila apoiada sobre o balcão com uma das suas, e Mila refreou o impulso de conferir se alguém estava vendo aquele gesto, o que a fez perguntar a respeito do incômodo suscitado desde o começo.

— Por que está vestida como um homem?

Nadia fez uma careta, mas não retirou a mão.

— Parece que este é um dos únicos jeitos de uma mulher ser livre para andar sozinha e fazer o que bem lhe entende.

— Bem, o mundo sempre foi um lugar ingrato — Mila concordou. — É sua inconformidade que a faz ler Baudelaire?

Nadia ergueu uma sobrancelha.

— Você conhece?

— Sim, eu sei ler, se é o que está perguntando. Tenho de saber para poder ler as peças. Conheci um dos livros de Baudelaire quando estávamos nos apresentando em Paris ano passado. Gosto dele.

— Ouvi que ele era conhecido por ser um boêmio e foi processado por "ultrajar a moral pública".

— E estava errado?

Uma risada surpresa saiu dos lábios de Nadia, e Mila relaxou um pouco em seu assento. Remexeu os dedos da mão que Nadia cobria, entrelaçando-os aos seus com cuidado, e acometeu-lhe uma adrenalina por fazer isso em público pela primeira vez desde que se lembrara.

— Você gostaria de ver uma delas? — perguntou Mila, sem olhá-la. — Uma das peças de teatro, digo. Não precisa ir, se não quiser. Sei que tem coisas mais importantes a fazer, mas...

— Mila — Nadia a interrompeu. Mila mordeu a língua, esperando inconscientemente por uma rejeição. — Eu adoraria vê-la se apresentar. Quando é a próxima?

Mila não segurou o sorriso.

— Amanhã à noite no Drury Lane. Às 19h.

— Eu estarei lá — garantiu Nadia. — Qual será a peça?

— Será uma surpresa.

Nadia ergueu uma sobrancelha.

— Ora, Mila, desde quando é uma pessoa misteriosa?

— Desde quando tenho algo com que surpreendê-la — disse Mila, divertindo-se. — Aproveitarei a chance que tenho.

— É aí que você se engana — respondeu Nadia. — Você sempre me surpreendeu, Mila.

Mila achou que nunca fosse se acostumar ao modo como Nadia dizia seu nome — com tanta reverência, como se ela fosse algo a ser estimado e apreciado.

— Nós nos vemos no teatro — disse Nadia como uma despedida, levantando-se e fechando o livro para guardá-lo em um bolso interno do sobretudo. Com um último aperto no pulso de Mila, logo sobre onde as linhas pretas haviam se desenhado em palavras, completou: — Mal posso esperar.

Era normal para Mila ficar ansiosa antes de um espetáculo; acontecia com todos os seus companheiros de palco e a equipe de montagem. Havia muito o que considerar: a plateia, o tempo, a ordem, a organização nas coxias. Era intrínseco o desejo de fazer o público se emocionar com a peça e, para isso, fazer todo o espetáculo não ser nada menos do que perfeito.

Mila estava acostumada a isso, mas não estava acostumada a saber que sua alma gêmea estaria assistindo. Suas palmas suavam quando as cortinas vermelhas se abriram naquela noite fria e úmida, abafada sob a cobertura do teatro.

Apesar de todas as preocupações, o primeiro passo que deu para entrar no palco levou embora seu nervosismo; *atuar* era algo que Mila sabia fazer, e o motivo disso preferia não tentar encontrar. Era impossível ver a plateia do palco, pois as luzes, diretamente voltadas para ela, faziam com que os espectadores se transformassem em meras silhuetas, quando muito. Não podia se concentrar em nenhum deles, mesmo que tivesse essa intenção, e isso lhe dava a tranquilidade de que precisava para focar em suas falas e em seu papel. Mila se entregou à sensação de representar sua personagem, de sair de si mesma por um par de horas e olhar pelos olhos de outra pessoa, de sussurrar tramas e manipulações nos ouvidos de homens.

A apresentação de *Sonho de uma noite de verão* correu como nas outras sessões, sem imprevistos e com a comoção esperada do público. Mila e os outros atores — entre eles, Isaac — se curvaram ao som das palmas em agradecimento e se retiraram para os fundos. O coração de Mila batia acelerado, tanto pela reação familiar de contentamento após uma apresentação quanto por ansiedade.

Será que Nadia havia gostado?

Nos camarins, ela trocava de roupa junto às outras poucas atrizes, apressando-se para tentar encontrar Nadia antes que fosse embora. Alguém bateu à porta, e a cabeça de uma das responsáveis pela decoração espiou:

— Mila? Tem alguém aqui querendo vê-la. — Ela olhou para trás e baixou a voz, com um sorriso animado. — É uma duquesa. Acho que quer nos patrocinar.

Mila escondeu o próprio sorriso.

— Obrigada, eu já vou sair.

Terminou de vestir-se e arrumou os pertences em uma sacola de pano. Assim que saiu do camarim para o corredor, deu de cara com Nadia, encostada a uma das paredes na escuridão. Ela estava vestida com roupas tradicionais femininas dessa vez, um longo vestido azul-escuro com rendas nas pontas das mangas longas. Sem o chapéu, seus olhos castanhos eram mais visíveis, mais chamativos. Ela tinha as mãos cruzadas na frente do corpo, esperando.

— Foi um lindo espetáculo — disse, a voz melodiosa chegando aos ouvidos de Mila com calma. — Você tem talento. Não me admira que tenha escolhido essa área.

Mila se aproximou com cuidado, sem saber em que página elas estavam.

— Gosta de Shakespeare?

Nadia assentiu.

— Assim como você gosta de Baudelaire — respondeu. — Conhece Byron?

Ela parecia perguntar algo a mais do que simplesmente o conhecimento de Mila sobre um poeta.

— Sim — disse Mila, porque amava arte em todas as suas formas e sempre tivera um fraco por poesias e dramaturgias. Havia feito das tripas coração apenas para conseguir contratar um tutor que a ensinasse a ler, e foi necessário um longo tempo de busca por um que aceitasse ensinar uma mulher.

— Tem algum lugar em que precisa estar agora? — perguntou Nadia. Ela ajeitou a capa pesada que usava por cima do vestido, posicionando o corpo em direção à saída.

Mila hesitou.

— Deixe-me avisar Isaac.

Demorou alguns minutos apenas para encontrar o irmão e avisá-lo de que demoraria a voltar e pedir-lhe que mantivesse a discrição quando saísse do teatro. Retornou até onde Nadia estava, ainda parada.

—Vem comigo? — Nadia chamou, estendendo-lhe a mão.

Era preciso uma mulher mais forte do que Mila para negar aquele pedido, mesmo em vista das consequências que aconteceriam se fossem vistas de mãos dadas e sozinhas. As marcas em seus pulsos ainda não eram o bastante para que o mundo aceitasse aquele tipo de relação — nem o delas, nem nenhum parecido.

Mila aceitou a mão e foi puxada para a saída.

Do lado de fora, uma chuva torrencial caía, alagando as ruas e suas roupas em questão de instantes. As calçadas estavam quase desertas, as pessoas fugiam da água ao entrarem em estabelecimentos ou cobriam as cabeças com o que tinham em mãos. Mila sentiu o frio se instalar em seus ossos, um frio tão profundo que achou não ser possível voltar a esquentar. Ela tremia enquanto Nadia a arrastava rua abaixo, correndo com cuidado para não escorregar, e forçava seus membros a continuar funcionando.

Por sorte, a carruagem de Nadia as esperava no fim da rua, e elas pularam para dentro sem delongas. Nadia deu a ordem para que o cocheiro andasse e olhou para Mila, que deveria estar com a expressão de um gato encharcado, tão assustada quanto. Elas se encararam por um momento e, então, começaram a rir, de uma maneira alta demais para o que seria considerado dentro das normas de etiqueta. Mila imaginava que Nadia poderia lhe dizer tudo sobre isso.

Ainda chovia quando chegaram à mansão. Mila nunca havia estado em uma antes; a propriedade se estendia em jardins para os lados, e a construção tinha pelo menos três andares de pedra escura e arquitetura gótica. Nadia não segurou sua mão para levá-la pelo caminho que guiava até a entrada, mas Mila não se importou; sabia que havia corrido um risco só por irem até ali juntas.

O interior, apesar de iluminado por lareiras e lampiões, não era muito mais quente do que o exterior — ou talvez

Mila estivesse fria demais para perceber a mudança de ambiente. Seus dentes castanholavam, e ela esfregava as mãos na intenção de espantar a dormência.

O mordomo surgiu de um arco, carregando uma bandeja com xícaras que exalavam fumaça. Ele a depositou numa mesinha perto da porta.

— Obrigada, Ícaro — disse Nadia. — Não precisarei mais de seus serviços por hoje. Pode se retirar.

Ícaro lançou um olhar a Mila, que parecia muito mais um aviso. Ela olhou para si mesma, pingando água no carpete caro e com uma bolsa velha pendurada no ombro. Nadia era poucos anos — no máximo dois — mais velha do que ela, mas, na sua postura de duquesa, inspirava obediência.

Com uma mesura discreta, Ícaro se retirou. Nadia pegou uma das xícaras de chá para si e ofereceu outra a Mila, que a aceitou de bom grado. Estava fervendo, mas ela bebeu mesmo assim. Era camomila; o líquido serviu para aquecer um pouco seu corpo.

— Pode deixar suas coisas aqui, mandarei que as levem para cima. É minha hóspede oficial por hoje — Nadia falou, gentil. — Siga-me. Quero que veja algo.

Mila seguiu. Tinha um pressentimento, ou alguma espécie de lembrança, do que seria, algo que não era difícil de imaginar, dadas as circunstâncias. Elas caminharam até outro corredor, e Nadia destrancou e empurrou uma das portas. Acendeu algumas velas e indicou que Mila entrasse.

O cômodo era preenchido por estantes de livros, e as paredes, por pinturas famosas. Mila não podia dizer que se surpreendia com o seu conteúdo, mas com a quantidade, sim.

—Também é uma colecionadora de arte?

Nadia sorriu e gesticulou na direção dos quadros.

— É uma das poucas coisas que me fazem acreditar que a humanidade ainda é capaz de produzir coisas belas. — Ela deixou sua xícara de chá sobre um balcão e pegou uma garrafa de vinho envelhecido da adega ao canto. Serviu duas taças e estendeu uma a Mila. — Ah, chá é muito fraco para a nossa situação. E você sabe o que Baudelaire disse: "Fique bêbado. De vinho, de poesia, de virtude. Mas fique bêbado".

Mila realmente era fraca diante de Nadia.

— Bem, eu disse que amava poesia — ela respondeu, substituindo a xícara por sua própria taça. O vinho tinto era delicioso, no tom perfeito de amargo. Um livro aberto lhe chamou atenção pelo canto do olho. — Ah. Entendo por que me perguntou se eu gosto de Byron.

Aproximou-se do livro, aberto em um dos poemas, e ouviu a voz de Nadia recitar atrás de si:

Quando nos separamos
No silêncio e nas lágrimas,
Corações ao meio estraçalhados
Para uma longa ausência.
Tua face pálida e fria se fez,
Mais gélido teu beijo;
Prenunciava aquele momento
Tristeza igual a esta.

Mila correu a mão pelas páginas com cuidado para não estragá-las. Sem se virar, leu a última estrofe, como a única resposta que podia oferecer:

Às ocultas nos encontramos
Em silêncio, me aflijo
Por ter teu coração me esquecido
E teu espírito me enganado.
Fosse eu ao teu encontro
Após tardos anos,
Como falar-te deveria?
Com silêncio e lágrimas.

Ela depositou a taça na estante e respirou fundo antes de se virar.

— Nadia, eu...

— Eu sei — ela a interrompeu. — Não precisa dizer de novo.

Mila balançou a cabeça.

— Nós sempre tivemos um tempo limitado, mas eu nunca tinha percebido o quanto até recentemente. — Ela esperou Nadia virar o conteúdo de sua taça de uma vez antes de prosseguir. — Eu não quero ir embora agora, Nadia.

Nadia colocou a taça no balcão e a fitou sem soltá-la, como se o objeto fosse a única coisa impedindo-a de desabar.

— Eu não sei se aguento perdê-la de novo, Mila — ela confessou em um murmuro. — Antes, você disse que não aguentaria passar por Sevilha novamente. Pois eu não quero passar por Florença. Recuso-me a acreditar que Atenas, Pérsia, Sevilha ou Florença sejam tudo que possamos ter. Quero que Londres seja diferente.

— Eu também quero — disse Mila, engolindo em seco. — Mas não ainda. Não podemos ter isso ainda.

Nadia soltou a taça e deu um passo à frente.

— Talvez possamos. Podemos tentar. Sei que não é muito tempo, mas não quero desperdiçar outra vida. Dias são o bastante para desfrutar disso.

Mila fechou os olhos. Precisava ser honesta sobre o maior problema, não importava o que Nadia já tivesse dito.

— Nadia, você merece melhor do que eu. Eu sinto muito por não ter esperado por você, mas sabe que...

— Ei — Nadia ergueu a cabeça e segurou a mão de Mila que não estava ocupada com a taça. Parecia horrorizada com a simples ideia sugerida por Mila. — Eu não me importo com quantos ou quantas já tenham se deitado com você. Minha intenção nunca foi prender nenhuma de nós à marca. Você continua sendo a mesma Mila para mim. Isso não muda nada.

— Nem depois de eu ter partido?

— Não.

Como?

—Você sempre foi gentil comigo — disse Mila. *Você sempre foi a única fonte de gentileza que eu conheci*, foi o que deixou de dizer. — Nunca entendi por quê.

Nadia a olhou de um jeito estranho, com uma intensidade que nunca foi capaz de aguentar.

— Ah, Mila — ela sussurrou, tocando sua bochecha. — Como consegue aceitar que todos merecem amor, menos você?

Mila não tinha uma resposta para ela, e, como acontecia com muitas coisas, provavelmente nunca teria.

Por isso, beijou-a com ternura, abraçando sua cintura, enquanto Nadia envolvia o pescoço de Mila. Antes, achara que fosse sentir frio para sempre, mas agora estava queimando, pois seu coração, sua *alma* estavam aquecidos, simplesmente por ter Nadia de volta, perto de si, de onde não deveria ter saído.

— Quanto tempo mais ficará aqui? — perguntou Nadia em um murmuro, os olhos fechados. Havia uma ruga entre suas sobrancelhas, um sinal de tormenta no meio da serenidade de sua expressão.

Mila levou a mão até seu rosto para suavizá-la.

— Mais uma semana, uma semana e meia.

Nadia assentiu e tornou a beijá-la, e Mila retribuiu na mesma proporção, colocando o máximo de sentimento e de pedidos por perdão que podia.

— Da próxima vez... — ela disse ao afastar-se, um pouco sem ar. — Da próxima vez, eu não vou embora. Nós vamos fazer dar certo, e será melhor do que todas as vezes anteriores. Eu lhe prometo isso.

Nadia sorriu, abrindo os olhos molhados.

— Eu acredito em você. Mas vamos aproveitar o que temos, por enquanto. Nem que seja pouco. Há um escritor de que gosto muito, que está começando a ser conhecido aqui em Londres; é um amigo que também tem... preferências diferentes da norma, como nós. Sabe o que Oscar Wilde disse?

— Tenho certeza de que vai me esclarecer.

O sorriso de Nadia se alargou, e ela acariciou o rosto de Mila com o polegar.

— "Estamos todos na sarjeta, mas alguns de nós estão olhando para as estrelas".

São Paulo, 2019

Era um dos raros momentos em que Nadia podia dizer, com absoluta certeza e sem nenhuma vergonha sem sentido, que sentia orgulho de si mesma.

A galeria estava lotada, fervilhando com pessoas que admiravam a exposição de suas obras. O salão estava enfeitado com luzes amarelas e era ocupado por algumas mesas com champanhe e quitutes. Nas paredes, as imagens dos quadros retratavam suas memórias, ou a maior parte delas, com traços modernos. Não havia mandado à exposição nenhuma que revelasse algo íntimo demais; as pinturas desse tipo, em especial, ela guardava em sua casa, e lá continuariam.

Fora um longo e árduo caminho para chegar até ali, só possível pelo apoio de seus amigos, orientadores e do festival SP-Arte. De vez em quando, algumas pessoas paravam para vir cumprimentá-la e parabenizá-la, e Nadia sorriu tanto que seu rosto começou a doer.

— Você realmente merece tudo isso, minha amiga — disse Aisha ao seu lado, bebericando uma taça de champanhe. — Estou muito orgulhosa de você.

— Obrigada, Aisha. Eu não teria conseguido sem você e Ícaro.

— Um brinde ao sucesso.

Tocaram as taças, e logo Ícaro se uniu a elas, com seu jeito animado. Eles conversaram e trocaram ideias, enquanto Nadia cumprimentava mais admiradores. Tentou ignorar a pontinha de decepção em seu interior por não ter visto quem esperava encontrar hoje. *Que bobagem,* ela se repreendeu. *Ela pode nem morar aqui. Não deve saber que eu existo.* Mas era uma tentativa; tivera a esperança de que a exibição também servisse como oportunidade para descobrir quais palavras iriam se formar em seu pulso dessa vez.

O evento se estendeu até a noite. Aisha e Ícaro a convidaram para sair e tomar alguma coisa em comemoração, mas Nadia recusou. Ainda não tinha de ir embora e preferia curtir um pouco mais o momento, prolongar aquela sensação de dever cumprido. Com uma risada de Ícaro e uma exclamação descontente de Aisha por ela se negar a sair, os dois partiram juntos, no mesmo caminho dos outros, que já se dirigiam para fora.

Era a última que restava ali no salão, ainda imersa em todos os quadros, com um contentamento enorme. Jamais imaginara que chegaria até esse patamar, com todas as probabilidades ruins rondando o ramo das artes. Mas era um começo, um belo começo, e ela pretendia continuar esforçando-se para criar um nome para si mesma.

Tão entretida com os próprios pensamentos, quase não ouviu quando passos ecoaram no piso de mármore, aproximando-se dela.

Mas, distraída ou não, definitivamente ouviu aquela voz.

— Você combina com este lugar.

Um sorriso se espalhou pelo rosto de Nadia, e ela olhou para trás.

Uma mulher, aparentemente da sua idade, caminhava em sua direção, com um sorriso discreto enquanto olhava para todos os quadros em volta. Ela vestia um terno preto, com camisa branca e gravata escura. Suas mãos estavam nos bolsos da calça social em uma postura displicente, mas seus olhos — da cor de amêndoas, olhos que Nadia reconheceria em qualquer lugar, em qualquer tempo, em qualquer situação —, se iluminaram quando ela finalmente os pousou na artista à sua frente.

— Aí está você — disse Nadia, mal contendo a animação. Cruzou os braços nas costas, tentando parecer menos ansiosa do que se sentia. — Pensei que não conseguiria me encontrar.

— Desculpe o atraso — ela disse, coçando a nuca e fazendo os cabelos balançarem. Elas mudavam de aparência a cada ciclo, mas Nadia sempre ficava contente em ver que alguns costumes permaneciam. — Tive que trabalhar até tarde e não consegui chegar a tempo para a exposição de verdade.

— Então... — Nadia a olhou de cima a baixo em apreciação. — O que você é desta vez? Uma advogada? Uma contadora? Uma empresária bilionária que sonega impostos?

Ela riu, e o som fez sinos soarem no coração de Nadia.

— Eu sou uma detetive de homicídios. Ah, quase me esqueci. — Ela fingiu se dar conta de algo e estendeu a mão. — Ainda não me apresentei. Eu sou a Mila.

— Nadia.

Aceitou a mão oferecida, que era gelada e tinha alguns calos. Seus olhares se encontraram, e Nadia tomou um segundo, ou mais, apenas para gravar a imagem do rosto de Mila em sua mente pela sexta vez. Mila nunca deixaria de ser estonteante para ela, em uma mistura de beleza e honestidade que lhe tirava o fôlego.

Mila desviou o olhar primeiro, direcionando-o para baixo, onde suas mãos ainda estavam unidas. O vestido de Nadia, longo e sem mangas, deixava bem à mostra seu pulso esquerdo, marcado com uma simples frase.

"Você combina com este lugar."

Nadia colocou a outra mão por cima da de Mila, cobrindo-a entre as suas.

— Será que eu posso ter a honra de conhecê-la de novo? — ela perguntou com o coração a mil, com a intenção de soar como um flerte, mas a tentativa, na verdade, saiu suave demais.

— Não há nada de que eu gostaria mais. — Os olhos de Mila estavam bem abertos e sinceros, daquele jeito que desarmava Nadia. — Eu cansei de fugir e me esconder, Nadia. Esta vida que nós temos agora... Eu quero aproveitá-la como nunca aproveitamos antes. Quero dizer, se você aceitar. Se quiser sair comigo, mesmo depois de tudo.

O sorriso de Nadia se alargou.

— É claro que eu quero, Mila. Que tal um café? Eu conheço um lugar ótimo.

— São nove e meia da noite — Mila contestou, rindo. — Não é hora para tomar café.

— É hora para um café se você está de pé desde as cinco da manhã e quiser continuar acordada para sair com uma mulher bonita.

Mila revirou os olhos.

— Nesse caso, acho que preciso de seis xícaras, no mínimo.

Nadia apontou para a saída do salão.

— Depois de você, senhorita.

Mila havia se esquecido da última vez em que se divertira tanto na companhia de alguém. Entre o trabalho — que, mais vezes do que não, lhe proporcionava noites insones —, pagar as contas e preocupar-se com seus irmãos inconsequentes, ela não tinha muita brecha para sair e aproveitar os dias ao lado de outra pessoa sem alguma responsabilidade cobrando-lhe atenção. Fazia tempo desde a última vez em que simplesmente se permitira viver.

Mas conversar com Nadia era fácil. Mais fácil do que deveria ser. Ambas eram pessoas diferentes do que foram nas outras vezes, mas havia aquela coisinha que permanecia a mesma, que nenhuma das duas conseguia nomear.

Na padaria 24 horas a que Nadia a levara, Mila experimentou um dos melhores cafés que já tomara na vida. Elas perderam a noção do tempo enquanto conversavam, comiam, riam e compartilhavam histórias, e Mila conseguiu esquecer, por algumas horas, o resto do mundo, sentada numa cadeira dura perto da janela do estabelecimento simples.

— Afinal, como você me achou? — perguntou Nadia, já no terceiro copo de café.

— Eu vi um dos cartazes divulgando a exposição de arte e achei interessante. Só depois vi o seu nome embaixo, entre os expositores. Eu posso ter ficado alguns minutos encarando aquilo até acreditar que era real. — Mila encarou a expressão feliz de Nadia e sorriu. — Você fez um trabalho incrível. Fico feliz que tenha chegado até aqui. Parece que sempre teve um talento para arte.

— Obrigada, Mila — disse Nadia, baixo. — É sempre bom saber que a nossa inspiração gosta do nosso trabalho.

— E o que mais você faz? — Mila perguntou para evitar responder ao elogio. — Não deve pintar o tempo todo.

— Não. Eu me formei em História da Arte pela UFRGS e me mudei para cá para ser curadora, mas também dou aulas em algumas escolas. Nunca pensei que fosse gostar de ser professora, porém aqui estamos nós. — Nadia franziu o cenho. — E como é ser uma detetive?

— Pior do que parece, e pagam menos do que se espera. — Mila deu de ombros. — É o tipo de profissão que faz você ter certeza de que pessoas são horríveis e transforma o Apocalipse em uma esperança.

Apesar de ser tudo verdade, pelo menos serviu para fazer Nadia rir.

— Sabe, você não é a única que não se via fazendo o que faz hoje. Eu comecei a estudar Psicologia, mas houve um crime no *campus* — até hoje não resolvido —, e eu tive um daqueles momentos de epifania. Talvez já estivesse na hora de eu compensar o fato de ter sido uma mercenária numa vida passada.

— Mas era uma mercenária muito *sexy*.

— Obrigada. Quem sabe eu não mude de profissão de novo.

Nadia riu. Mila olhou para o relógio em seu pulso por hábito; já passava de meia-noite, e Nadia parecia cansada, embora não tivesse reclamado sobre nada.

— Eu, hã... — Mila hesitou. — Sei que deve ter coisas melhores a fazer e está tarde, mas... Quer ir até o meu apartamento? Juro que não é um eufemismo para sexo. Eu só queria passar mais tempo com você.

Nadia a olhou de um modo estranho, com uma expressão carinhosa que parecia muito para um primeiro encontro.

— Eu nunca vou me conformar com a sua capacidade de ser tão sincera — ela disse e se levantou. — Vamos, Mila. É claro que eu quero passar mais tempo com você também. Eu sempre quis.

Mila chamou um Uber para elas. Vinte minutos mais tarde, estavam subindo até seu apartamento modesto e, felizmente, bem-arrumado. Era pequeno, mas tinha suas marcas: um porta-retratos na estante perto da televisão com uma foto sua com os irmãos, livros gastos e decoraçõezinhas que a lembravam de cada época vivida.

Mila tirou as pastas contendo arquivos sobre um novo caso de cima da mesa e a jogou debaixo do sofá para que Nadia não visse. Tentava não trazer trabalho para casa, mas falhava com frequência. Considerava seu ofício muito importante para deixá-lo de lado.

— Fique à vontade. Eu tinha planejado fazer uma maratona de Brooklyn 99 hoje à noite, mas podemos mudar se você quiser.

Nadia bufou.

— Eu *jamais* dispensaria uma oportunidade para ver Rosa Diaz.

— Graças a Deus — disse Mila. — Eu teria que expulsar você se dissesse o contrário.

Ela ofereceu uma troca de roupas a Nadia, que aceitou de bom grado, e ambas se vestiram rapidamente com roupas confortáveis para voltar à sala. Substituíram terno e vestido por calças de moletom e blusas largas. Mila pegou um cobertor e o entregou a Nadia, para que se aconchegasse no sofá, em frente à televisão. Em seguida, foi até a cozinha buscar uma garrafa de água e chocolates para dividirem.

Nadia ergueu uma ponta do cobertor para que ela entrasse, e Mila se acomodou ao seu lado depois de colocar a série.

— O que foi? — indagou, percebendo que Nadia a fitava sem dizer nada.

— Você é linda, sabia?

Mila corou, o que fez Nadia rir.

— Ainda mais quando faz isso — completou Nadia, afastando uma mecha do cabelo de Mila da frente do rosto.

— Posso te beijar? — Mila perguntou.

Nadia piscou, aturdida, então sua expressão se derreteu. Foi ela quem cobriu a distância entre as duas e beijou Mila com delicadeza, segurando seu rosto com uma mão. O toque de Nadia fez com que eletricidade corresse por seus poros, como se estivesse acordando de um sono profundo. Mila aprofundou o beijo, mas ele permaneceu calmo, pois, dessa vez, elas tinham tempo. Beijaram-se como se fosse a primeira vez e estivessem descobrindo-se — e, de certa forma, estavam.

Quando Mila se afastou para respirar, deu de cara com os olhos castanhos de Nadia brilhando como estrelas, de um jeito que fez seu coração inflar. Antes que dissesse alguma coisa idiota, como uma declaração de amor, Mila lhe deu outro beijo, mais curto, e sorriu ao encostar-se no sofá.

Nadia balançou a cabeça e se encostou junto. Esperava que quatro copos de café fossem manter Mila desperta, mas ela devia estar mais cansada do que deixara transparecer. Nadia observou-a lutar contra o sono e tentar se manter focada na televisão, mas seus cílios pesaram, e ela fechou os olhos, escorregando a cabeça pelo estofado. Nadia ajeitou o cobertor sobre elas para que Mila continuasse confortável, trazendo-a para mais perto de si. Não queria mais ficar longe dela.

"Você combina com este lugar".

Ali, nos braços de Mila, Nadia não pôde deixar de concordar com a frase que ficaria para sempre marcada em sua pele, uma frase que ela desejara ouvir por um longo tempo e que representava muitas coisas.

O mundo havia mudado, e elas também, mas sempre seriam Mila e Nadia, e suas almas se reconheciam mesmo que seus corpos não se reconhecessem.

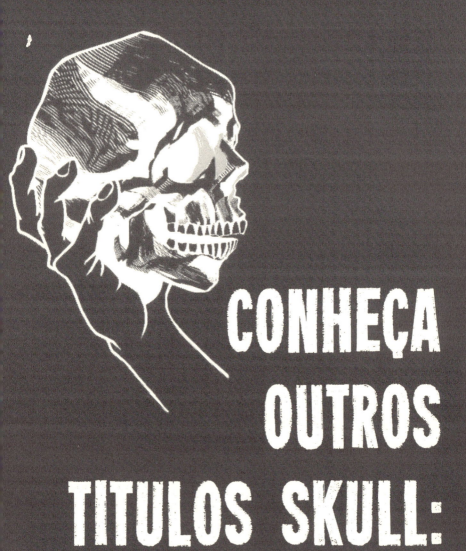
CONHEÇA OUTROS TITULOS SKULL:

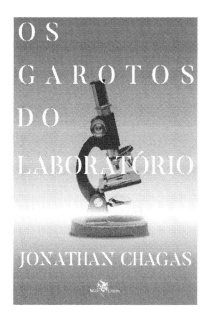

Os Garotos do laboratório

"Enrico tem um objetivo de vida estabelecido desde a infância, por isso sempre foi fácil ser um bom aluno na escola, um filho amoroso em casa e um amigo prestativo e gentil na vida. Augusto sempre gostou de se deixar ser levado pela maré, até mesmo com as suas questões mais pessoais, por isso as coisas sempre acabam meio complicadas, tanto na hora de se relacionar, quanto na de fechar as notas no final do ano letivo. O que ambos jamais poderiam imaginar é que seus caminhos tão diferentes acabariam se cruzando no final. No mesmo laboratório."

DESCONTROLE INTERNO

Carlos Barbosa é um professor de história que viveu um momento terrível: O suicídio de sua esposa. O que fez com que ele enxergasse o mundo com outros olhos.

Seus dias têm ficado cada vez mais acinzentados na escola onde leciona. Agora, sentindo na pele a falta de humanidade dentro da sociedade, Carlos é levado ao limite numa manhã, em sala de aula, que marcará a cidade de São Paulo com um rastro de sangue e terror.

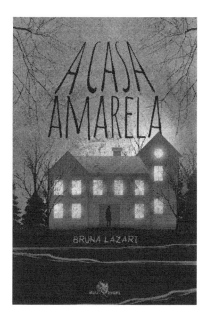

A Casa Amarela

Casa Amarela é uma história de terror perturbadora, que te prende do início ao fim, faz com que a leitura estimule o seu raciocínio ao longo do livro. A obra conta a história de Mayara, uma jovem estudante que foi forçada a se mudar com os pais no último ano do colégio, no meio do período letivo. Como se os desafios não fossem o bastante, em pouco tempo descobriu que estava morando em uma casa mal-assombrada, e que por conta disso ninguém se aproximaria dela. Seu único amigo, Basu, espírito que habitava um livro de sua nova casa lhe propõe um jogo, desafiando a garota e em troca lhe entrega algumas conquistas pessoais. Com um final surpreendente e aterrorizador, esse livro promete

Para saber mais sobre os títulos e autores da
SKULL E DI TORA , visite nosso site
WWW. SKULLEDITORA .COM.BR
e curta as nossas redes sociais.

 FB.COM/EDITORASKUL

@SKULLEDITORA

✉ SKULLEDITORA@GMAIL.COM

ADQUIRA NOSSOS LIVROS:
WWW.LOJAEDITORASKULL.COM.BR

ENVIE SEU ORIGINAL PARA:
ORIGINAIS.EDITORASKULL˙GMAIL.COM